442278356

P<<MAMP<<<<<<<<<<<<<<<<<<<<
4324305410073249704357345 6108

Para Liam
Minha maior inspiração.
Sempre estarei ao seu lado.

Creative Capybara tem orgulho de doar parte da venda de cada livro para organizações ambientais através da iniciativa Capybara4Good.

Para saber mais, visite nosso website
www.creativecapybara.ca

ISBN: 978-1-7388925-3-2

Ilustrações por **Evelyn Fichmann**
Diagramação por **Carolina Nunes**
Tradução em português e
revisão por **Camila Louzada**

Creative Capybara
www.creativecapybara.ca

A GRANDE MUDANÇA
DE NITA

PAOLA LOUZADA

Ilustrações por **Evelyn Fichmann**

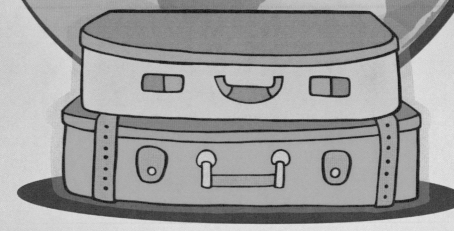

Nita Ornitorrinco
mudou de continente.
Pronta para a nova aventura
abraçou seu ursinho, contente.

Sua família chegou na cidade
depois de o mundo viajar.
Ela queria fazer novos amigos
porque adorava brincar.

ESCOLA

Nita chegou na escola nervosa para o primeiro dia.

Seus pais disseram: **"Calma, querida, você vai ter só alegria."**

Os alunos na escola
olharam para ela desconfiados.
Ela se sentiu diferente e sozinha,
então cruzou os braços apertados.

Um castor se aproximou de Nita e perguntou de onde ela era.

"Sou uma ornitorrinco da Austrália, adoro nadar e batucar", disse ela.

13

"Bem-vinda!"
disse o castor.

"Somos parecidos, que engraçado!
Mas você tem bico, um sotaque legal
e vem de um lugar ensolarado."

Ele disse para ela, sorrindo:
"Você vai se adaptar, relaxa!
No começo dá um frio na barriga
mas logo você se encaixa."

Ele a levou até o parquinho
e lhe deu um bom conselho:
**"Vá até lá e diga oi,
todos são legais no recreio."**

Ela estava meio incerta
e se aproximou devagar.

Será que iria se adaptar
e da neve iria gostar?

Um alce descia no escorregador.
Ele era enorme mas parecia legal.
Ela pensou em contar uma piada
mas não lembrava de nenhuma genial.

Nita ficou sem graça
e não sabia o que dizer.
O castor, então, foi até ela
para uma ajuda oferecer.

AUSTRÁLIA

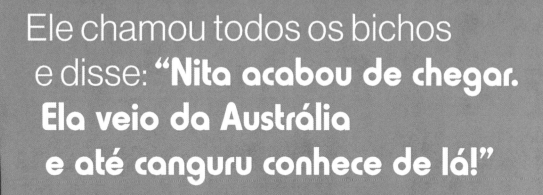

Ele chamou todos os bichos
e disse: **"Nita acabou de chegar.
Ela veio da Austrália
e até canguru conhece de lá!"**

Todos fizeram mil perguntas
e ela começou a relaxar.
Aquele medo foi-se embora
com todos rindo e brincando sem parar.

Os amigos estavam curiosos
e faziam perguntas sem descanso.
Ela contou tudo sobre seu país
enquanto brincavam no balanço.

29

Em casa, papai perguntou
se ela fez amigos e se divertiu.
"Muito", disse ela feliz,
"agora tenho amigos mil!"

Ela contou sobre o castor
que apresentou Nita a todos, animado.
Papai disse: **"Sabe, Nita, na vida
precisamos de amigos ao nosso lado."**

Ela contou mais sobre seu dia:

"Conheci um alce grande assim! Também um ganso canadense, um esquilo e até um guaxinim!"

Mamãe sorriu e a abraçou:
"Viu, querida? Dá tudo certo no final.
Aquilo que te faz ser diferente
é também o que te faz especial!"

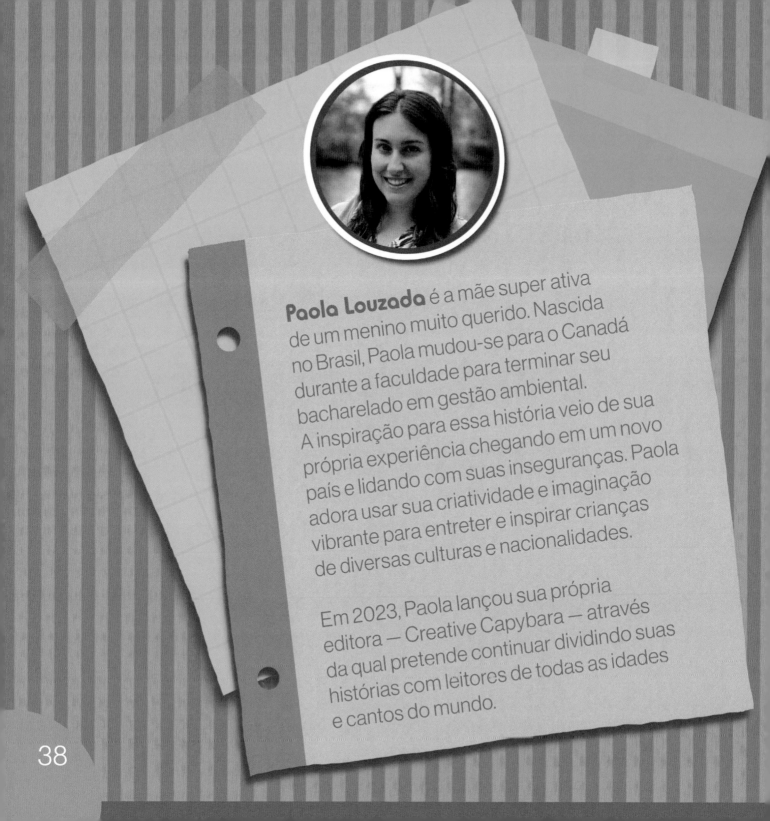

Paola Louzada é a mãe super ativa de um menino muito querido. Nascida no Brasil, Paola mudou-se para o Canadá durante a faculdade para terminar seu bacharelado em gestão ambiental. A inspiração para essa história veio de sua própria experiência chegando em um novo país e lidando com suas inseguranças. Paola adora usar sua criatividade e imaginação vibrante para entreter e inspirar crianças de diversas culturas e nacionalidades.

Em 2023, Paola lançou sua própria editora — Creative Capybara — através da qual pretende continuar dividindo suas histórias com leitores de todas as idades e cantos do mundo.

Evelyn Fichmann nasceu em São Paulo, Brasil. Em 2016, Evelyn e sua família decidiram enfrentar o frio e se mudaram para Vancouver, no Canadá.

Evelyn é designer e, nos últimos anos, tem combinado seu talento profissional com sua paixão por literatura infantil. Ela acredita que não existe melhor forma de contar uma história do que através do poder das imagens. Como ilustradora, ela navega por mundos cheios de cor e alegria onde tudo é possível!

Evelyn também é autora e ilustradora de "Nina, a menina camaleão" e "Quem está tomando o meu lugar?"

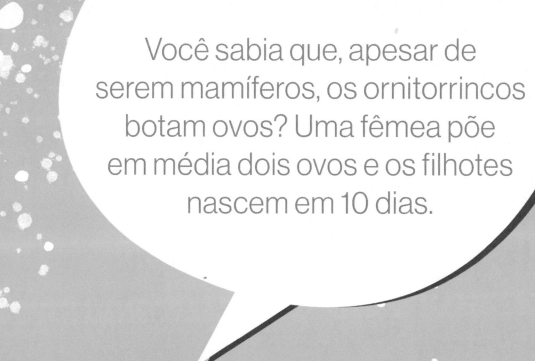

Você sabia que, apesar de serem mamíferos, os ornitorrincos botam ovos? Uma fêmea põe em média dois ovos e os filhotes nascem em 10 dias.

A Austrália é o país onde vivem muitos animais únicos como o ornitorrinco, coala e quokka, e também é onde existe o maior banco de corais do mundo, com mais de 9.000 espécies marinhas conhecidas!

O Canadá é o segundo maior país do mundo! Nele existem mais de 2 milhões de lagos e o animal nacional sou eu, o castor! Legal, né?!

Um polvo mau-humorado sai pelo coral em busca de um talento que o possa manter entretido... mas acaba descobrindo muito mais sobre si mesmo.

Conheça nosso próximo livro:
O Talento Secreto do Sr. Polvo.

Para mais detalhes, visite:
www.creativecapybara.ca

Manufactured by Amazon.ca
Bolton, ON

33970571R00026